CB081678

As coisas de que não me lembro, sou

Jacques Fux * Raquel Matsushita

aletria
EDITORA

TUDO QUE LEMBRO DE

NÃO ME LEMBRAR

Eu não me lembro do dia em que nasci. Nem do dia em que fui concebido. Não me lembro de ter crescido, e nem de ter habitado aquele lugar quentinho e confortável durante nove meses. Não me lembro de ter mamado sequer uma vez (e olha que mamei até um ano). Não me lembro do sabor do leite materno. Não me lembro do meu brit milá (e deve ter doído bastante). Também não me lembro do meu primeiro gole de vinho, que foi com oito dias de idade. Não me lembro daquele primeiro período da vida que se iniciava em que dormia horas e horas feliz e amamentado. Também não me lembro do toque no meu corpo nu, das mãos carinhosas

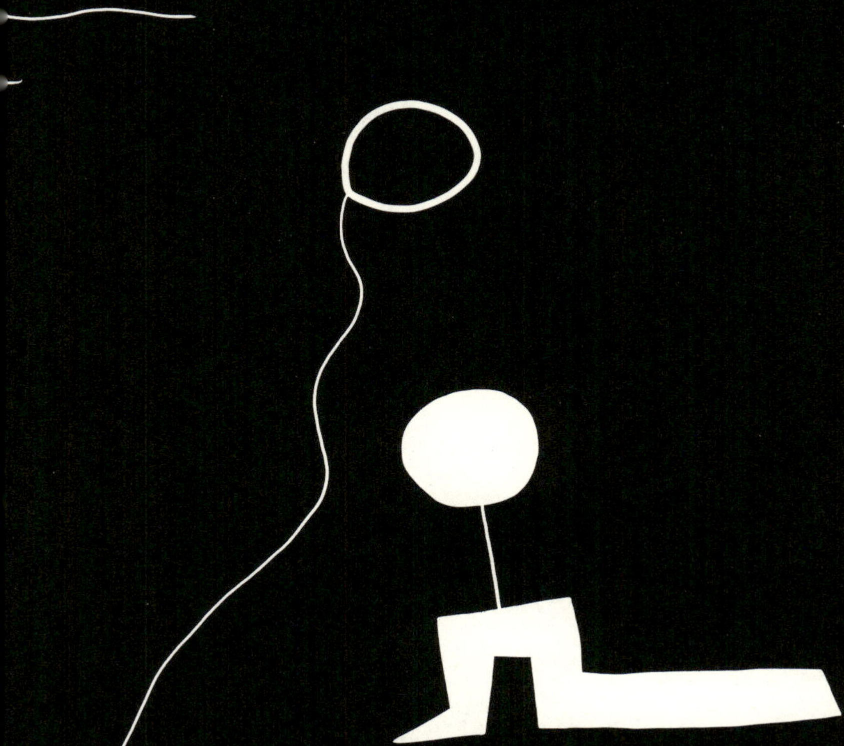

e amáveis dos meus pais. Não me lembro do meu cheiro, do cheiro da minha casa, do cheiro da minha bisavó que tanto tomava conta de mim. Não me lembro de abrir os olhos, de abrir a boca, de babar, de chorar, de fazer manha. Não me lembro da noite, do dia, da minha respiração e da respiração dos meus entes amados. Não me lembro do meu pé gordinho, dos meus joelhos inchados, das minhas coxas redondas, da minha boca sem dentes. Não me lembro dos abraços, dos beijos, das carícias, dos suspiros, das conversas, dos sorrisos e nem das lágrimas. Não me lembro do amor dos outros, nem tampouco do meu.

Não me lembro de engatinhar. Engatinhar para todos os lados descobrindo que o mundo poderia ser maior. Muito mais repleto de coisas, de cheiros, de perigos. Não lembro do meu joelho doer no fim do dia após ter desvelado tantos mistérios e enigmas.

soluço, de fome alguma. Não me lembro de estar no colo dos meus pais, dos meus avós, da minha bisavó, dos vizinhos, dos falsos amigos. Não me lembro do bafo de ninguém. Não me lembro da minha primeira refeição. Da minha primeira banana amassada. Da primeira maçã raspada. Da minha primeira papinha. Também não me lembro de ficar na cadeirinha esperando o tão aguardado aviãozinho da refeição. Não me lembro da mamadeira, das estórias contadas antes de dormir, de não ter medo algum de nada e nem de ninguém. Não me lembro da alienação, não me lembro de ter sonhos e desejos, não me lembro de nenhuma noite dormida. E de nenhum dia acordado. Não me lembro de saber o que era o amor.

Não me lembro de falar errado. Não me lembro de ser analfabeto como meus avós. Não me lembro de saber se as palavras que pronunciava, ou escutava, eram em iídiche ou português. Não me lembro da dor, visível nos olhos da minha bisavó, por causa da sua filha especial. Também não me recordo do sofrimento dos meus pais por causa do meu irmão. Não tenho lembrança alguma do meu irmão como alguém diferente. Não me lembro do frio, de sentir fome, cansaço, sono, tristeza, dor. Não existiam na época, ou eu era totalmente privado (e blindado) contra eles. Não me lembro do amor, mas era só isso que vivia.

Não me lembro do primeiro encontro com um outro. Um outro que não existisse somente para me dar amor. Não lembro de saber que a vida pudesse ter outro sentido que não fosse a minha própria existência. Não me lembro quando me dei conta de que eu não era meus pais.

Não me lembro do dia em que fui para a escola pela primeira vez. Não me lembro de nenhuma mordida, nenhum soco, nenhuma briga que tive com algum colega. Nem me recordo de ter sido colega de ninguém no jardim de infância. Não me lembro das brincadeiras, dos sorrisos, das corridas e dos saltos mirabolantes. Também não me lembro das lágrimas da minha mãe quando me deixou pela primeira vez nessa escola. Não me recordo do meu desespero, do meu pranto, dos soluços e da dor de barriga de tanto chorar. Não me lembro da professora,

de sua tentativa de ludibriar, transformar e recriar um mundo fora do útero dos meus pais. Também não me lembro do dia em que a escola passou a ser essencial e que os amigos se tornaram fundamentais. Não lembro da profunda atenção que meus pais davam ao meu irmão, da completa ausência de tios e avós na minha criação. Não me lembro (e gostaria muito de reviver) o carinho especial da minha bisavó. O amor que ela viveu com minha mãe e que revivia comigo. Também não me lembro do seu desaparecimento. De ser capaz de ressignificar amor e ausência.

Não me lembro do primeiro grito de reprovação que recebi (nem do segundo, nem do terceiro). Também não me lembro de ter aprendido algo com esse grito, com esse tapa, com o dedo em riste, com o olhar sério, com a voz grossa, com a necessidade de ser educado. Não me lembro dos professores da minha infância. Devem ter sido sensíveis, carinhosos e tolos. Não me lembro de colorir, de encaixar brinquedos, de jogar objetos em rebeldia, mostrando que eu tinha vontade própria, de gritar, fazer pirraça e calar quando bem entendia. Não me lembro de começar a escrever, de repetir infindavelmente as letras do meu nome, de descobrir o som distinto e paradoxal da última letra do meu sobrenome. De entender a herança pesada da minha família e da minha cultura. Não lembro de descobrir o fabuloso mundo que se desvelava com a minha alfabetização.

escutar sobre a origem dos meus ancestrais e dos ancestrais de meus amigos. Não me lembro de me dar conta de que as professoras não eram judias, de que o mundo não era judeu, de que tatuagens com números estranhos nos braços dos avós não eram coisas normais, comuns e cotidianas. Não me lembro de estranhar o nome Auschwitz ou de compreender que genocídios não eram coisas cotidianas e banais. Não me lembro de associar as palavras barbárie, poesia e amor.

Não me lembro de ter aprendido o alfabeto. De repetir fastidiosamente o som das vogais e das consoantes. Não me recordo de ter aprendido o estranho som da letra 'h' e nem de ter a percepção e consciência do 'w'. Não me lembro de sentir nenhum desejo, cobiça e volúpia pelo outro. Ele ainda fazia parte de mim. Não me lembro da disputa e da competição pelo olhar da professora. Por seu amor e admiração. Não me lembro das brigas, das desilusões, das primeiras angústias que só aconteciam na escola. Não me lembro quando diferenciei pela primeira vez meninos de meninas. Não me recordo do dia em que olhei para uma menina e algo diferente se passou em mim. Talvez um brilho mais intenso no meu olhar. Talvez uma quentura inaugural percorrendo meu corpo.

Não me lembro da primeira vez em que cheguei em casa desiludido. Não me lembro do dia em que descobri que todos os outros alunos da escola também eram especiais, e que uns eram muito mais especiais e queridos pelas professoras que os outros. E eu não era um dos queridinhos. Não me lembro do dia em que algum amigo preteriu outro a mim. Também devo ter apagado completamente a lembrança do dia em que uma menina escolheu olhar para outro e fechar os olhos para minha perfeição. Não lembro de compreender que o mundo poderia ruir um dia. Que eu podia me abalar. Que eu poderia sofrer.

Também não lembro do dia em que descobri que meus pais não eram perfeitos. Que meu pai não era herói. Que minha mãe o havia escolhido antes de me gerar. E que eu era somente o segundo, ou o terceiro. Não me lembro do dia em que reparei algum defeito nos meus pais. Não me lembro do dia em que eu percebi o cheiro deles. Um cheiro que já não era meu. Não me recordo do dia em que tive vergonha dos meus pais. Em que concebi as terríveis diferenças e limitações do meu irmão. E também tive vergonha e me escondi. E passei a esconder as histórias da minha casa. Também não me lembro

do dia em que comecei a invejar as outras famílias, fantasiadas na minha mente como normais, e que desejei estar no corpo de outro. Também não sei quanto tempo isso tudo durou. E quanto tempo depois descobri que nada disso tinha sentido. Que cada um tinha que viver com suas próprias dores. E com suas próprias invenções.

Não me recordo de aprender hebraico. Não me lembro de saber que hebraico não se falava correntemente no Brasil. Também não me lembro do dia em que comecei a esquecer propositalmente essa língua. Nem de quando percebi que iídiche não se falava na rua. Também não me lembro do dia em que entendi que as palavras em iídiche tinham uma conotação negativa. Uma conotação de dor, de saudade da diáspora da minha família e de sentir no corpo e na fala o não pertencimento a lugar algum.

lembro quando entendi que falar essa língua era discriminar as pessoas e o país que acolheram minha família. Também não sei se eles foram acolhidos, se foram felizes, se viveram em paz. Não me lembro de conversar com eles sobre isso. Nem sei como eles me passaram os valores culturais, históricos, familiares e dolorosos do judaísmo. Também não lembro da primeira vez que comi *guelfite fish*.

matado, e nem de quando ele matou meu tio. Também não sei quem o fez. Tampouco entendi a dor da minha família, da minha avó, dos meus primos. Também não lembro do dia em que compreendi que eu e meus pais éramos mortais.

TUDO QUE LEMBRO DE NÃO COMPREENDER

Não me lembro mais do dia em que passei a considerar o amor como sofrimento. Não me recordo o dia em que amei a primeira menina que não me queria. Em que passei a me tornar melancólico. Também não lembro da certeza que tinha de que eu era o melhor e o mais inteligente de todos. Não me lembro de me tornar estúpido, arrogante e metido. De me retrair. De ficar na minha. De blasfemar. De achar que o mundo não era bom o suficiente para mim. Também não me lembro do dia em que gostei de me ver inserido no mundo goy, e que passei a

detestar e amar simultaneamente o judaísmo. A detestar fazer jejum e lembrar, constantemente, das infelicidades desse meu povo. A me encantar com a possibilidade de viver em um país forte, novo, briguento. Também não me lembro do dia em que tive pela primeira vez ojeriza da sinagoga e de muitos de seus membros. Não lembro mais o motivo. Não me lembro mais da aversão que tive a seus cheiros, roupas e mesquinharias.

Não lembro mais por que me achava diferente e melhor em meio ao mundo católico. Também não me lembro da razão de me considerar um estranho e pior no mundo judeu. Não me lembro por que comecei a ler. Não me lembro mais do primeiro, do segundo e do terceiro livro que li. Não me lembro das sensações que senti. Não me lembro por que me achava especial por carregar um livro nas mãos. Não me lembro de gostar de ler nenhum livro para o colégio.

Não me lembro o motivo de ter gostado da matemática. De ter gostado de física. De ter gostado de esportes. Não me lembro por que deixei de gostar de todo conhecimento teórico. Não me recordo por que voltei a gostar da teoria. Não me lembro quando gostei de amar o amor, e quando comecei a detestar o amor. Não me lembro de quantas meninas amei. Não me lembro quantas deixaram de me amar e quantas eu nunca amei de verdade. Não me lembro por que admirava a todo instante meninas com culturas distintas da minha e por que as depreciava por não serem judias. Também não sei quando isso tudo mudou. E nem se mudou.

Não me lembro da primeira vez em que conheci de perto a loucura. A loucura da outra. A loucura pelo amor. A loucura de todos. A minha própria loucura. Não me lembro das quedas, da constatação da minha própria ignorância e dos meus próprios limites. Não lembro o porquê de fugir sempre quando algo estava complicado. Não compreendo o motivo de nunca encarar a vida e seus percalços. Não me lembro por que sempre ludibriava a dificuldade. Não me lembro de aprender nada, apenas fingir, falsear e fugir.

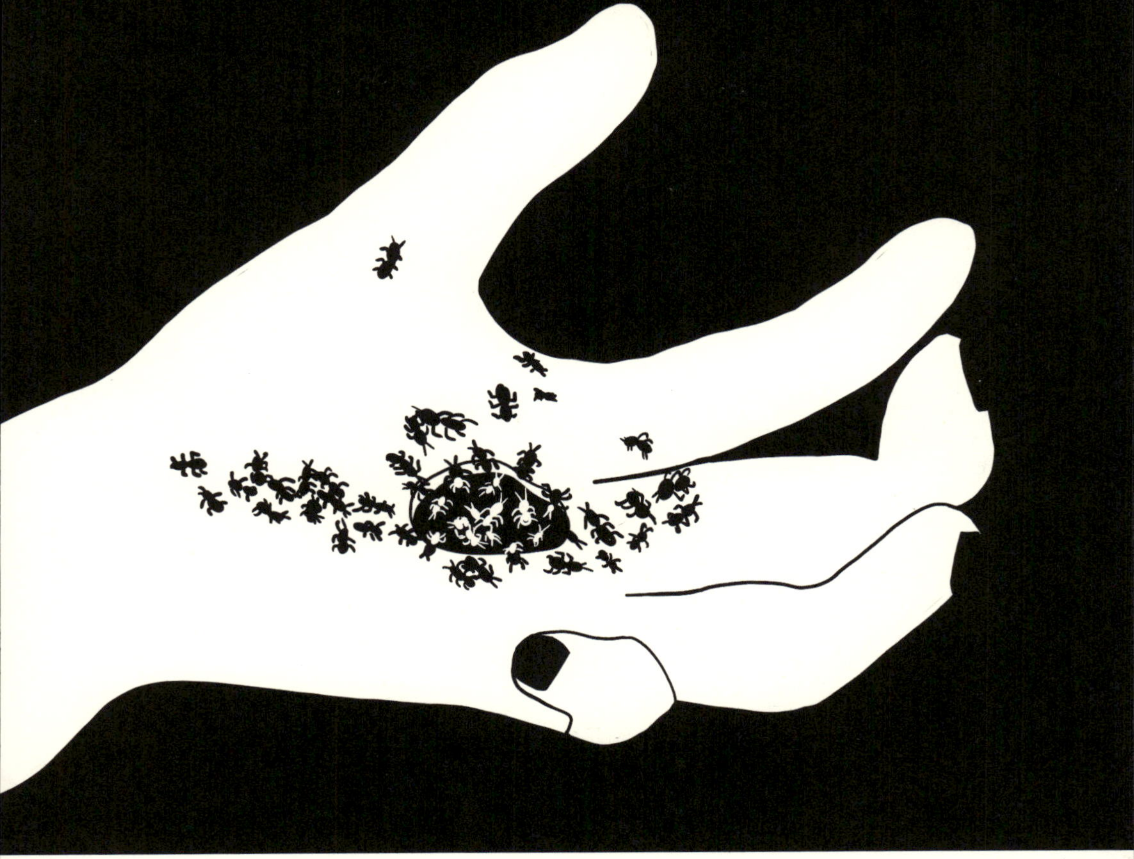

Não me lembro do dia em que conheci o mal. O mal nos outros e em mim mesmo. Não me recordo do dia em que fui pela primeira vez mesquinho, babaca e egoísta. Algo que se repetiria em mim. Algo que se repete constantemente no mundo. Não me lembro do dia em que achei que só o outro era capaz de me fazer mal. Que só o outro poderia trair minha confiança. Que só o outro podia roubar meu amor, meus sonhos e meus desejos mais íntimos. Não me lembro do dia em que eu também roubei, traí e desejei o desejo do outro.

Não me lembro das coisas que esqueci para poder viver. Não me lembro dos amores que extingui por medo de ressurgirem. Não lembro o motivo da invenção do meu ódio. Da minha raiva pelo mundo judeu e pelo mundo não judeu. Não me lembro de idealizar a beleza e a tristeza da Shoah. Não me lembro de quando me coloquei como vítima para ser amado pelos outros e nem de quando compreendi a grande estupidez em me colocar nessa posição. Não me lembro por que aceitava tudo. Não me lembro o motivo de me encontrar em Macabéa. De estranhar Borges. De me ver como um lobo da estepe. De amar os olhos de Capitu. De sofrer na Sibéria. De me masturbar na

Irlanda, nos Estados Unidos, na Grécia e em Roma. Infelizmente não me lembro (e como gostaria de viver tudo de novo) das sensações ao ler um livro pela primeira vez. O Livro. Das emoções de passar, página a página, o amor e a dor de Riobaldo. Das lágrimas que deveriam ter escorrido ao penetrar no Sertão. Não me lembro do dia em que entendi que a literatura muda a vida. Que a arte é literatura. Também não me lembro do dia em que compreendi que ela não serve para nada. Que pode ser bela, forte e burra.

TUDO O QUE
ME TORNEI EM
FUNÇÃO DE NÃO

ME
LEMBRAR

Dos fatos que recalquei. Das dores que ludibriei. Dos sonhos que não tive. Não me lembro dos sonhos que descartei. Dos medos que me frearam. Das dores que nunca cicatrizaram. Dos versos que escrevi. Que inventei. Que copiei. Que gostaria de ter escrito. Que nunca serei capaz de escrever. Também não me lembro de todas as idealizações do amor. De todas as invenções que depositei no outro. De todo amor que tive somente pelo espelho.

Não me lembro de ter aprendido a não tentar, mesmo tendo sido recusado muitas vezes. Não me lembro de ter deixado de amar, mesmo após várias desilusões. Não me lembro de ter deixado de escrever, mesmo não acreditando que escrevia algo importante. Também não entendo o motivo de continuar escrevendo e almejando um amor.

Não me lembro mais das vidas que roubei. Dos sonhos que reinventei. Dos versos que plagiei. Não me lembro de tudo que sei. Não me lembro de tudo que não sei. Não consigo contabilizar todo conhecimento que tenho. Ou que acho que tenho. Ou que invento que tenho. Ou que escrevo para mostrar.

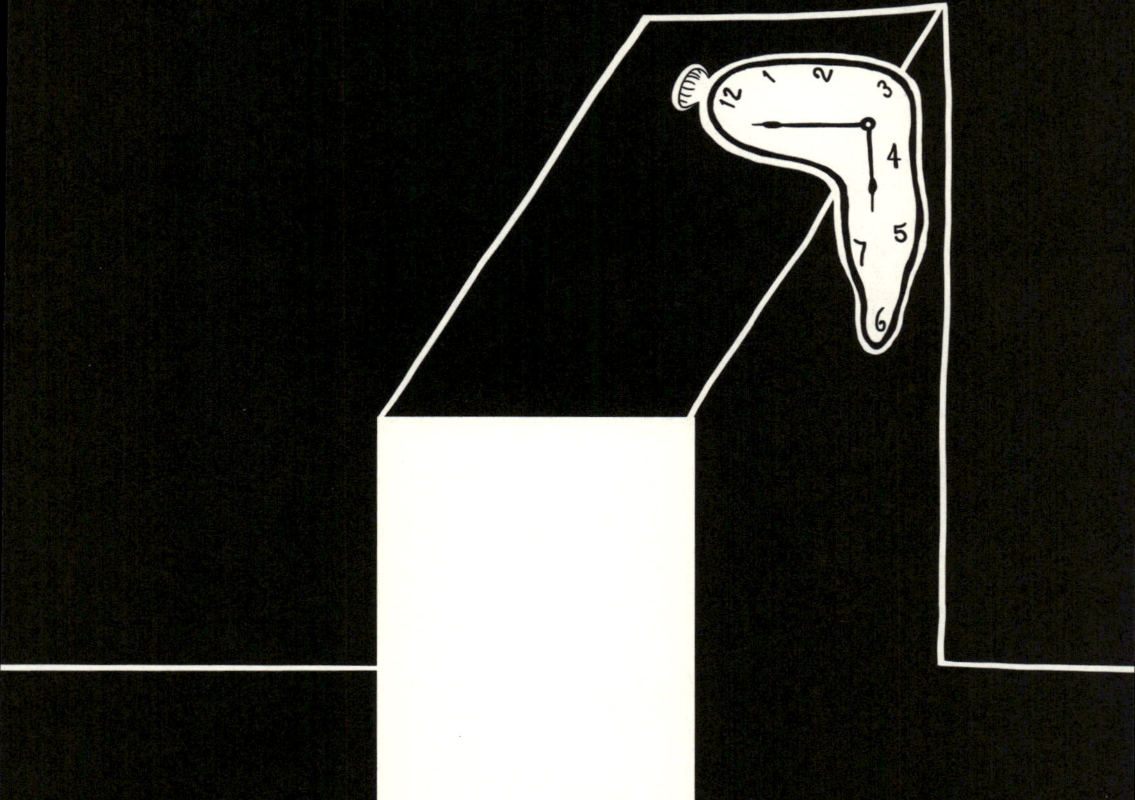

Inútil dizer que não esqueço nada que não me lembro.

Suspeito, entretanto, que não era muito capaz de pensar. Pensar é esquecer diferenças, é generalizar, abstrair. No abarrotado mundo de Funes não havia senão pormenores, quase imediatos.

Jorge Luis Borges

Esses "eu me lembro" não são exatamente lembranças, e, sobretudo, não são lembranças pessoais, mas pequenos pedaços do cotidiano, coisas que, neste ou naquele ano, todas as pessoas de uma mesma idade viram, viveram, partilharam e que, em seguida, desapareceram, foram esquecidas; elas não valiam a pena serem memorizadas, não mereciam fazer parte da História, nem de figurar nas Memórias dos estadistas, dos alpinistas e dos monstros sagrados. Ocorre, contudo, que elas revêm, alguns anos mais tarde, intactas e minúsculas, por acaso ou porque as procuramos, uma noite, entre amigos.

Georges Perec

Nossas lembranças infantis nos mostram nossos primeiros anos não como eles foram, mas tal como apareceram nos períodos posteriores em que as lembranças foram despertadas. Nesses períodos de despertar, as lembranças infantis não emergiram, (...) elas foram formadas nessa época.

Sigmund Freud

Há várias formas de esquecimento. A mais estudada é a extinção. Outra, popularizada por Freud, é a repressão. Existem memórias que não ultrapassam poucos segundos, e ficam na memória de trabalho. Outras não ultrapassam a memória de curta duração (e não ficam na memória de longa duração). Outras memórias duram poucos dias e depois desaparecem. Por último, há o esquecimento real: memórias que desaparecem por falta de uso, com atrofia sináptica.

Ivan Izquierdo

Referências

As imagens deste livro foram livremente inspiradas nas obras de artistas que participaram do movimento surrealista.

Meret Oppenheim, *Mesa com pés de pássaro* (1939): capa

Joan Miró, *Nascimento do mundo* (1925): p. 6-7

Tarsila do Amaral, *Urutu* (1928): p. 8-9

Paul Klee, *Irmãos* (1930): p. 10-11

René Magritte, *Decalcomania* (1966): p. 12-13

Frida Kahlo, *Meus avós, meus pais e eu* (1936): p. 14-15

Man Ray, *Os amantes* (1936): p. 16-17

Maria Martins, *O impossível* (1945): p. 18-19

Leonora Carrington, *O último peixe* (1974): p. 20-21

Ismael Nery, *Eternidade* (1931): p. 22-23

Dorothea Tanning, *Maternidade* (1947): p. 26-27

Kay Sage, *A resposta é não* (1958): p. 28-29

Marc Chagall, *Amantes rosa* (1916): p. 30-31

Luis Buñuel, *Um cão andaluz* (1929): p. 32-33

Remedios Varo, *O fazendeiro* (1958): p. 34-35

Max Ernst, *Os homens não sabem nada* (1923): p. 36-37

Pablo Picasso, *Garota em frente ao espelho* (1932): p. 40-41

Cicero Dias, *Sem título* (1920): p. 42-43

Gertrude Abercrombie, *Levitação* (1953): p. 44-45

Salvador Dalí, *A persistência da memória* (1931): p. 46-47

Brit milá: circuncisão.

Guelfite fish: comida típica judaica feita à base de peixe moído, farinha e ovos. Um dos pratos da culinária judaica mais conhecidos.

Shoah: catástrofe, calamidade. Esse termo é mais adequado para representar o genocídio ocorrido na 2ª Guerra Mundial. A palavra holocausto tem a conotação de sacrifício ritual para a expiação dos pecados, o que não é o que ocorreu na guerra.

O conto "As coisas de que não me lembro, sou" foi originalmente publicado na Revista da Academia Brasileira de Letras nº 81, em 2014.

Jacques Fux

Não me esqueço de lembrar que sou escritor, tradutor, professor e um apaixonado por números. Também sempre me recordo dos países em que morei: Israel, Argentina, França e Estados Unidos, lugares onde fiz meus estudos de mestrado, doutorado e pós-doutorado pesquisando memórias, histórias, ficções, ausências e saudades. Nunca deixo de me lembrar dos livros que escrevi: *Literatura e matemática*, *Antiterapias*, *Brochadas*, *Meshugá: um romance sobre a loucura*, *Nobel*, *Georges Perec: a psicanálise nos jogos e no trauma de uma criança de guerra, O enigma do infinito*, *Ménage literário* e *Um labirinto labiríntico;* e nem de algumas vitórias: Prêmio São Paulo, Prêmio Cidade de Belo Horizonte, Prêmio Paraná Digital, Prêmio Manaus, Prêmio Jabuti e Prêmio Capes. Fico contente com a lembrança de que meus livros foram publicados na Itália, no México, no Peru e em Israel, e que alguns contos foram publicados nos Estados Unidos e na França. Inútil dizer que, apesar das lembranças, fico mais feliz justamente pelas *coisas de que não me lembro, sou.*

Raquel Matsushita

Não me esqueço de lembrar que sou designer gráfico, ilustradora e escritora. Sócia do escritório Entrelinha Design. Por vezes, me esqueço de que me graduei em Publicidade e Propaganda pela Universidade Metodista de São Paulo e de que tenho especialização nos cursos de Design gráfico, Cor e Tipografia na School of Visual Arts, de Nova York, onde vivi e guardo boas recordações. Gravo na memória quando recebi o prêmio internacional *Image of the book* (*Bologna Book Fair*), em 2021 e 2020, com os livros *Desaforismos* e *Mínimo múltiplo comum*, respectivamente. E também quando fui premiada com dois Jabutis, e que possuo livros premiados e selecionados pela Fundação Nacional do Livro Infantil e Juvenil – FNLIJ, Prêmio Literário da Biblioteca Nacional, Selo Cátedra PUC/Unesco, Catálogo FNLIJ de Bolonha, PNBE/MEC, PNLD, Bienal Brasileira de Design Gráfico – ADG, entre outros. Não me esqueço que sou autora do livro *Fundamentos gráficos para um design consciente* e de sete livros para infância, entre outros que ilustrei. Gosto sempre de me recordar que, quando lembro, esqueço.

@ Editora Aletria, 2022
@ Jacques Fux, 2022
@ Raquel Matsushita, 2022

Todos os direitos reservados. Nenhuma parte desta obra pode ser reproduzida, arquivada ou transmitida por qualquer forma ou por qualquer meio sem a permissão expressa e por escrito da Aletria Editora.

Editora responsável: Rosana de Mont'Alverne Neto
Editora Assistente: Poliana Moreira
Revisão: Natália Vieira
Comunicação: Carlos Andrei Siquara
Ilustrações, capa e projeto gráfico: Raquel Matsushita
Diagramação: Entrelinha Design

Dados Internacionais de Catalogação na Publicação (CIP)

F996
Fux, Jacques
As coisas de que não me lembro, sou / Jacques Fux; Raquel Matsushita (Ilustradora). – 2. ed. – Belo Horizonte: Aletria, 2022.
56 p., il.; 15,5 x 22,5 cm

ISBN 978-85-9526-039-9

1. Ficção. 2. Romance. 3. Literatura brasileira. 4. Memória. I. Fux, Jacques. II. Matsushita, Raquel (Ilustradora). III. Título.

CDD 869.93

Elaborada por Bibliotecária Janaina Ramos – CRB-8/9166

Índice para catálogo sistemático
I. Ficção : Literatura brasileira : Romance

Praça Comendador Negrão de Lima, 30 D – Floresta
CEP 31015 310 – Belo Horizonte – MG | Brasil
Tel: +55 31 3296 7903
www.aletria.com.br

Este livro foi composto com as tipografias Sabon e Steinzeit no Estúdio Entrelinha Design e impresso no papel pólen bold, 90g, em dezembro de 2022.